Let's Learn Putonghua Picture Book
快樂普通話繪本

早上好！

Véronique Mazière

JPC HK

wǒ hái zài shuì jiào

我還在睡覺。

wǒ xǐng le
我醒了。

wǒ zhēng kāi yǎn jing
我睜開眼睛。

wǒ shēn shen lǎn yāo
我伸 伸懶腰。

wǒ de tuō xié zài nǎr
我的拖鞋在哪兒？

wǒ qù niào niào
我去尿尿。

wǒ chī le yī xiē miàn bāo zhēn hǎo chī
我吃了一些麵包。真好吃！

wǒ xǐ xi liǎn
我洗洗臉。

wǒ shuā shua yá
我刷刷牙。

wǒ shūshu tóu fa
我梳梳「頭髮」。

wǒ hěnshuài ba
我很帥吧？

dài zhe wǒ de xiǎo lán zi
带着我的小籃子。

wǒ kāi le mén
我開了門。

kōng qì hěn xīn xiān ne
空氣很新鮮呢！

zhēn lěng zhēn lěng
真冷！真冷！

dài shàng wǒ de hóng wéi jīn
戴上我的紅圍巾。

ā wǒ hái chuān zhe tuō xié
啊！我還穿着拖鞋！

wǒ tuō xià tuō xié chuān shàng xuē zi
我脫下拖鞋，穿上靴子。

zhēn nuǎn huo　zhēn nuǎn huo
真暖和！真暖和！

ā shì wǒ de hǎo péng you xiǎo huáng
啊！是我的好朋友小黄。
nǐ hǎo zǎo shang hǎo
「你好！早上好！」

wǒ shuì zháo le
我睡着了。

wǒ qù shuì jiào le
我去睡覺了。

xiǎo huáng shuì zháo le
小黄睡着了。

xiǎo huáng kùn le wǒ yě kùn le
小黄睏了，我也睏了。

wǒ men tiào tiao wǔ
我們跳跳舞。

wǒ men tīng ting gē
我們聽聽歌。

wǒ men liáo liao tiānr
我們聊聊天兒。

wǒ zuò le yī xiē píng guǒ jiàng zhēn xiāng
我做了一些蘋果醬。真香！

xiǎo huáng dài le yī xiē nǎi lào zhēn hǎo
小黄帶了一些奶酪。真好！

wǒ men yī qǐ chī fàn ba
我們一起吃飯吧！

ā shì wǒ de hǎo péng you xiǎo huáng
啊！是我的好朋友小黃。

nǐ hǎo wǎn shang hǎo
「你好！晚上好！」

shuí zài qiāo mén
誰在敲門？

wǒ zài zuò jī dàn tāng zhēn xiāng
我在做雞蛋湯。真香！

chuān shàng wǒ de xiǎo wéi qún
穿上我的小圍裙。

wǒ hěn è
我很餓。

wǒ xǐ wán le zhēnshū fu
我洗完了。真舒服！

wǒ xǐ xi zǎo
我洗洗澡。

zhēn zāng zhēn zāng
真髒！真髒！

wǒ tuō xià xuē zi
我脫下靴子。